Wilhelm   Busch

Pater Filucius

Wilhelm   Busch

Pater Filucius

ISBN/EAN: 9783337353131

Hergestellt in Europa, USA, Kanada, Australien, Japan

Cover: Foto ©Andreas Hilbeck / pixelio.de

Weitere Bücher finden Sie auf **www.hansebooks.com**

Pater Filucius

Pater Filucius

Allegorisches Zeitbild

Mit den Beigaben

«Von mir über mich», «Der Nöckergreis»

und Portrait
von
Wilhelm Busch

Von mir über mich[A]

Kein Ding sieht so aus, wie es ist. Am wenigsten der
Mensch, dieser lederne Sack voller Kniffe und Pfiffe. Und
auch abgesehen von den Kapriolen und Masken der
Eitelkeit. Immer, wenn man Was wissen will, muß man sich
auf die zweifelhafte Dienerschaft des Kopfes und der Köpfe
verlassen und erfährt nie recht, was passirt ist. Wer ist
heutigen Tages noch so harmlos, daß er Weltgeschichten
und Biographien für richtig hält? Sie gleichen den Sagen
und Anekdoten, die Namen, Zeit und Ort benennen, um
sich glaubhaft zu machen. Sind sie unterhaltlich erzählt,
sind sie ermunternd und lehrreich, oder rührend und
erbaulich, nun gut! so wollen wir's gelten lassen. Ist man
aber nicht grad ein Professor der Beredsamkeit und sonst
noch allerlei, was der heilige Augustinus gewesen, und will
doch partout über sich selbst was schreiben, dann wird man
wohl am Besten thun, man faßt sich kurz. Und so auch ich.

[Fußnote A: Diese Selbstbiographie liegt uns in zwei Fassungen von des Verfassers Hand vor. Die erste (von 1893) fügten wir der Jubiläums-Ausgabe der frommen Helene, die zweite (von 1894) der ersten billigen Ausgabe des Pater Filucius bei. In der vorliegenden neuen Auflage glaubten wir, der Fassung von 1894 einige Abschnitte der früheren einverleiben zu sollen, weil sie uns charakteristisch und wichtig erschienen. Die Verlagsbuchhandlung.]

Ich bin geboren im April 1832 zu Wiedensahl als der Erste von Sieben.

Mein Vater war Krämer; heiter und arbeitsfroh; meine Mutter, still und fromm, schaffte fleissig in Haus und Garten. Liebe und Strenge sowohl, die mir von ihnen zu Theil geworden, hat der "Schlafittig" der Zeit aus meiner dankbaren Erinnerung nicht zu verwischen vermocht.

Was weiss ich denn noch aus meinem dritten Jahr? Knecht Heinrich macht schöne Flöten für mich und spielt selber auf der Maultrommel, und im Garten ist das Gras fast so hoch wie ich, und die Erbsen sind noch höher, und hinter dem strohgedeckten Hause, neben dem Brunnen, stand ein flacher Kübel mit Wasser, und ich sah mein Schwesterchen drin liegen, wie ein Bild unter Glas und Rahmen, und als die Mutter kam, war's kaum noch in's Leben zu bringen.

Mein gutes Großmütterlein war zuerst wach in der Früh. Sie schlug Funken am P-förmigen Stahl, bis einer zündend in's "Usel" sprang, in die halbverkohlte Leinwand im Deckelkästchen des Feuerzeugs; und bald flackerte es lustig in der Küche auf dem offenen Heerde unter dem Dreifuß und dem kupfernen Kessel; und nicht lange, so hatte auch das Kanonenöfchen in der Stube ein rothglühendes Bäuchlein, worins bullerte. Als ich sieben, acht Jahr alt war, durft ich zuweilen mit aufstehn; und im Winter besonders kam es mir

4

wonnig geheimnißvoll vor, so früh am Tag schon
selbstbewußt in dieser Welt zu sein, wenn ringsumher noch
alles still und tot und dunkel war. Dann saßen wir zwei, bis
das Wasser kochte, im engen Lichtbezirk der pompejanisch
geformten zinnernen Lampe. Sie spann. Ich las ein paar
schöne Morgenlieder aus dem Gesangbuch vor.

Später beim Kaffee nahmen Herrschaft, Knecht und Mägde,
wie es guten Freunden geziemt, am nämlichen Tische Platz.

Um diese Zeit passirte eine kleine Geschichte, die recht
schmerzhaft und schimpflich für mich ablief. Beim Küster
diente ein Kuhjunge, fünf, sechs Jahre älter als ich. Er hatte
in einen rostigen Kirchenschlüssel, so groß wie dem Petrus
seiner, ein Zündloch gefeilt, gehacktes Fensterblei hatte er
auch schon genug; blos das Pulver fehlte ihm noch zu Blitz
und Donner. Infolge seiner Beredsamkeit machte ich einen
stillen Besuch bei einer gewissen steinernen Kruke, die auf
dem Speicher stand. Nachmittags zogen wir mit den Kühen
auf die einsame Waldwiese. Großartig war der Widerhall des
Geschützes. Und so beiläufig ging auch ein altes Bäuerlein
vorbei in der Richtung des Dorfes. Abends kehrte ich
fröhlich heim und freute mich so recht auf das Nachtessen.
Mein Vater empfing mich an der Thür und lud mich ein, ihm
auf den Speicher zu folgen. Hier ergriff er mich beim linken
Arm und trieb mich vermittels eines Rohrstockes im Kreise
umher, immer um die Kruke herum, wo das Pulver drin
war. Wie peinlich mir das war, ließ ich weithin verlautbaren.
Und sonderbar! Ich bin weder Jäger noch Soldat geworden.

Als ich neun Jahre alt war, sollte ich zu dem Bruder meiner
Mutter nach Ebergötzen. Wie Kinder sind, halb froh halb
wehmüthig, plätscherte ich am Abend vor der Abreise mit
der Hand in der Regentonne, über die ein Strauch von
weißen Rosen hing, und sang Christine! Christine!
versimpelt für mich hin.

Früh vor Tage wurde das dicke Pommerchen in die Scheerdeichsel des Leiterwagens gedrängt. Das Gepäck ist aufgeladen; als ein Hauptstück der wohlverwahrte Leib eines alten Zinkedings von Klavier, dessen lästig gespreiztes Beingestell in der Heimath blieb; ein ahnungsvolles Symbol meiner musikalischen Zukunft. Die Reisenden stiegen auf; Großmutter, Mutter, vier Kinder und ein Kindermädchen; Knecht Heinrich zuletzt. Fort rumpelt's durch den Schaumburger Wald. Ein Rudel Hirsche springt über den Weg; oben ziehen die Sterne; im Klavierkasten tunkt es.

In Wirthshäusern einkehren thaten wir nicht; ein wenig seitwärts von der Straße wurde still gehalten; der Deckel der Ernährungskiepe wurde aufgethan und unter anderem ein ganzer geräucherter Schinken entblößt, der sich bald merklich verminderte. Nach mehrmaligem Uebernachten bei Verwandten, erreichten wir glücklich das Pfarrhaus zu Ebergötzen.

Gleich am Tage nach der Ankunft schloß ich Freundschaft mit dem Sohne des Müllers. Wir gingen vors Dorf hinaus, um zu baden. Wir machten eine Mudde aus Erde und Wasser, die wir "Peter und Paul" benannten, überkleisterten uns damit von oben bis unten, legten uns in die Sonne, bis wir inkrustirt waren wie Pasteten, und spültens im Bach wieder ab.

Auch der Wirth des Ortes, weil er ein Piano besaß, wurde bald mein guter Bekannter. Er war rauh wie Esau. Ununterbrochen kroch das schwarze Haar in die Kravatte und aus den Aermeln wieder heraus bis dicht an die Fingernägel. Beim Rasiren mußte er weinen, denn das Jahr 48, welches selbst den widerspänstigsten Bärten die Freiheit gab, war noch nicht erschienen. Er trug lederne Klapppantoffeln und eine gelbgrüne Joppe, die das hintere Mienenspiel der blaßblauen Hose nur selten zu bemänteln

6

suchte. Seine Philosophie war der Optimismus mit rückwirkender Kraft; er sei zu gut für diese Welt, pflegte er gern und oft zu behaupten. Als er einst einem Jagdhunde muthwillig auf die Zehen trat und ich meinte, das stimme nicht recht mit seiner Behauptung, kriegt ich sofort eine Ohrfeige. Unsere Freundschaft auch. Doch die Erschütterung währte nicht lange. Er ist mir immer ein lieber und drolliger Mensch geblieben. Er war ein geschmackvoller Blumenzüchter, ein starker Schnupfer und kinderlos, obgleich er sich dreimal vermählt hat.

Bei ihm fand ich einen dicken Notenband, der durchgeklimpert, und freireligiöse Schriften jener Zeit, die begierig verschlungen wurden.

Der Lehrer der Dorfjugend, weil nicht der meinige, hatte keine Gewalt über mich--so lange er lebte. Aber er hing sich auf, fiel herunter, schnitt sich den Hals ab und wurde auf dem Kirchhofe dicht vor meinem Kammerfenster begraben. Und von nun an zwang er mich allnächtlich, auch in der heißesten Sommerzeit, ganz unter der Decke zu liegen. Bei Tag ein Freigeist, bei Nacht ein Geisterseher.

Mein Freund aus der Mühle, der meine gelehrten Unterrichtsstunden theilte, theilte auch meine Studien in freier Natur. Dohnen und Sprenkeln wurden eifrig verfertigt, und der Schlupfwinkel keiner Forelle den ganzen Bach entlang, unter Steinen und Baumwurzeln blieb unbemerkt von uns.

Zwischen all dem herum aber schwebte beständig das anmuthige Bildniss eines blondlockigen Kindes. Natürlich sehnte ich oft die bekannte Feuersbrunst herbei mit nachfolgendem Tode zu den Füßen der geretteten Geliebten. Meist jedoch war ich nicht so rücksichtslos gegen mich selbst, sondern begnügte mich mit dem Wunsch, daß ich zauberhaft fliegen und hupfen könnte, hoch in der Luft, von einem Baum zum andern, und daß sie es mit ansähe und wäre starr vor Bewunderung.

Von meinem Onkel, der äußerst milde war, erhielt ich nur ein einzig Mal Hiebe, mit einem trockenen Georginenstängel, weil ich den Dorftroddel geneckt hatte. Dem war die Pfeife voll Kuhhaare gestopft und dienstbeflissen angezündet. Er rauchte sie aus, bis auf's letzte Härchen, mit dem Ausdruck der seligsten Zufriedenheit. Also der Erfolg war unerwünscht für mich in zwiefacher Hinsicht. Es macht nichts. Ein Troddel bleibt immer eine schmeichelhafte Erinnerung.

Gern gedenk ich auch des kleinen alten Bettelvogts, welcher derzeit _dat baddelspeit_ trug, den kurzen Spiess, als Zeichen seines mächtigen Amtes. Zu warmer Sommerzeit hielt er sein Mittagschläfchen im Grase. Er konnte bemerkenswerth schnarchen. Zog er die Luft ein, so machte er den Mund weit auf und es ging: Krah! Stiess er sie aus, so machte er den Mund ganz spitz, und es ging: Püh! wie ein sanfter Flötenton. Einst fanden wir ihn tot unter dem berühmtesten Birnbaume des Dorfes; Speer im Arm; Mund offen; so daß man sah: Krah! war sein letzter Laut gewesen. Um ihn her lagen die goldigsten Sommerbirnen; aber für diesmal mochten wir keine.

Etwa ums Jahr 45 bezogen wir die Pfarre zu Lüethorst.

Unter meinem Fenster murmelte der Bach. Gegenüber stand ein Haus, eine Schaubühne des ehelichen Zwistes. Das Stück fing an hinter der Scene, spielte weiter auf dem Flur und schloß im Freien. Sie stand oben vor der Thür und schwang triumphirend den Reiserbesen; er stand unten im Bach und streckte die Zunge heraus; und so hatte er auch seinen Triumph.

In den Stundenplan schlich sich nun auch die Metrik ein. Dichter, heimische und fremde, wurden gelesen. Zugleich fiel mir die "Kritik der reinen Vernunft" in die Hände, die wenn auch damals nur spärlich durchschaut, doch eine Neigung erweckte, in der Gehirnkammer Mäuse zu fangen, wo es nur gar zu viel Schlupflöcher giebt.

Sechzehn Jahre alt, ausgerüstet mit einem Sonnett und einer ungefähren Kenntniß der vier Grundrechnungsarten, erhielt ich Einlaß zur polytechnischen Schule in Hannover.

Hier ging mit meinem Aeußern eine stolze Veränderung vor. Ich kriegte die erste Uhr--alt, nach dem Kartoffelsystem--und den ersten Paletot--neu, so schön ihn der Dorfschneider zu bauen vermochte. Mit diesem Paletot, um ihn recht sehen zu lassen, stellt' ich mich gleich am ersten Morgen dicht vor den Schulofen. Eine brenzlichte Wolke und die freudige Theilnahme der Mitschüler ließen mich ahnen, was hinten vor sich ging. Der umfangreiche Schaden wurde kurirt nach der Schnirrmethode, beschämend zu sehn; und nur noch bei äußerster Witterungsnoth ließ sich das einst so prächtige Kleidungsstück auf offener Straße blicken.

In der reinen Mathematik schwang ich mich bis zu "Eins mit Auszeichnung" empor, aber in der angewandten bewegte ich mich mit immer matterem Flügelschlage.

Im Jahre 48 trug auch ich mein gewichtiges Kuhbein, welches nie scharf geladen werden durfte, und erkämpfte mir in der Wachstube die bislang noch nicht geschätzten Rechte des Rauchens und des Biertrinkens; zwei Märzerrungenschaften, deren erste muthig bewahrt, deren zweite durch die Reaktion des Alters jetzt merklich verkümmert ist.

Ein Maler wies mir den Weg nach Düsseldorf. Ich kam, so

viel ich weiss, grad zu einem jener Frühlingsfeste, für
diesmal die Erstürmung einer Burg, die weithin berühmt
waren. Ich war sehr begeistert davon und von dem Maiwein
auch.

Nachdem ich mich schlecht und recht durch den
Antikensaal hindurch getüpfelt hatte, begab ich mich nach
Antwerpen in die Malschule, wo man, so hieß es, die alte
Muttersprache der Kunst noch immer erlernen könnte.

In dieser kunstberühmten Stadt sah ich zum ersten Male die
Werke alter Meister: Rubens, Brouwer, Teniers, Frans Hals.
Ihre göttliche Leichtigkeit der Darstellung malerischer
Einfälle, verbunden mit stofflich juwelenhaftem Reiz; diese
Unbefangenheit eines guten Gewissens, welches nichts zu
vertuschen braucht; diese Farbenmusik, worin man alle
Stimmen klar durchhört, vom Grundbaß herauf, haben für
immer meine Liebe und Bewunderung gewonnen.

Ich wohnte am Eck der Käsbrücke bei einem Bartscheerer. Er
hieß Jan, seine Frau hieß Mie. In gelinder Abendstunde saß
ich mit ihnen vor der Hausthür; im grünen Schlafrock; die
Thonpfeife im Munde; und die Nachbarn kamen auch
herzu; die Töchter in schwarzlackirten Holzschuhen. Jan
und Mie balbirten mich abwechselnd, verpflegten mich
während einer Krankheit und schenkten mir beim Abschied
in kalter Jahreszeit eine rothe warme Jacke und drei
Orangen.

Nach Antwerpen hielt ich mich in der Heimath auf.

Was damals die Leute _ut oler welt_ erzählten, sucht ich mir
fleissig zu merken, doch wusst ich leider zu wenig, um zu
wissen, was wissenschaftlich bemerkenswerth war. Das
Vorspuken eines demnächstigen Feuers hieß: _wabern_. Den
Wirbelwind, der auf der Landstraße den Staub auftrichtert,

nannte man: _warwind_; es sitzt eine Hexe drin. Uebrigens
hörte ich, seit der "alte Fritz" das Hexen verboten hätte,
müssten sich die Hexen sehr in acht nehmen mit ihrer
Kunst.

Von Märchen wußte das meiste ein alter, stiller, für
gewöhnlich wortkarger Mann. Für Spukgeschichten
dagegen von bösen Toten, die wiederkommen zum
Verdrusse der Lebendigen, war der Schäfer Autorität. Wenn
er abends erzählte, lag er quer über dem Bett, und wenn es
ihm trocken und öd wurde im Mund, sprang er auf und
ging vor den Tischkasten und biß ein neues Endchen
Kautaback ab zur Erfrischung. Sein Frauchen sass daneben
und spann.

In den Spinnstuben sangen die Mädchen, was ihre Mütter
und Großmütter gesungen. Während der Pause, abends um
neun, wurde getanzt; auf der weiten Haustenne; unter der
Stalllaterne; nach dem Liede:

maren will mi hawern meihn,
wer schall den wol binnen?
dat schall (meiers dortchen) don,
de will eck wol finnen.

Von Wiedensahl aus besucht ich auf längere Zeit den Onkel
in Lüethorst. Ein Liebhabertheater im benachbarten
Städtchen zog mich in den angenehmen Kreis seiner
Thätigkeit; aber mehr noch fesselte mich das wundersame
Leben des Bienenvolkes und der damals wogende Kampf um
die Partenogenesis, den mein Onkel als gewandter
Schriftsteller und Beobachter entscheidend mit durchfocht.
Der Wunsch und Plan, nach Brasilien auszuwandern, dem
Eldorado der Imker, hat sich nicht verwirklichen sollen. Die
Annahme, daß ich praktischer Bienenzüchter geworden sei,
ist freundlicher Irrthum.

Auch zog mich es unwiderstehlich abseits in das Reich der Naturwissenschaften. Ich las Darwin, ich las Schopenhauer damals mit Leidenschaft. Doch so Was läßt nach mit der Zeit. Ihre Schlüssel passen ja zu vielen Thüren in dem verwunschenen Schlosse dieser Welt; aber kein "hiesiger" Schlüssel, so scheints, und wärs der Asketenschlüssel, paßt jemals zur Ausgangsthür.

Von Lüethorst ging ich nach München. Indeß in der damaligen akademischen Strömung kam mein flämisches Schifflein, das wohl auch schlecht gesteuert war, nicht recht zum Schwimmen.

Um so angenehmer war es im Künstlerverein, wo man sang und trank und sich nebenbei karikirend zu necken pflegte. Auch ich war solchen persönlichen Späßen nicht abgeneigt. Man ist ein Mensch und erfrischt und erbaut sich gerne an den kleinen Verdrießlichkeiten und Dummheiten anderer Leute. Selbst über sich selber kann man lachen mitunter, und das ist ein Extrapläsir, denn dann kommt man sich sogar noch klüger und gedockener vor als man selbst.

Lachen ist ein Ausdruck relativer Behaglichkeit. Der Franzl hinterm Ofen freut sich der Wärme um so mehr, wenn er sieht, wie sich draußen der Hansel in die röthlichen Hände pustet. Zum Gebrauch in der Oeffentlichkeit habe ich jedoch nur Phantasiehanseln genommen. Man kann sie auch besser herrichten nach Bedarf und sie eher sagen und thun lassen, was man will. Gut schien mir oft der Trochäus für biederes Reden; stets praktisch der Holzschnittstrich für stilvoll heitere Gestalten. So ein Contourwesen macht sich leicht frei von dem Gesetze der Schwere und kann, besonders wenn es nicht schön ist, viel aushalten, eh es uns weh thut. Man sieht die Sache an und schwebt derweil in behaglichem Selbstgefühl über den Leiden der Welt, ja über dem Künstler, der gar so naiv ist.

Auch das Gebirg, das noch nie gesehene, wurde für längere Zeit aufgesucht. An einem Spätnachmittag kam ich zu Fuß vor dem Dörfchen an, wo ich zu bleiben gedachte. Gleich das erste Häuschen mit dem Plätscherbrunnen und dem Zaun von Kürbis durchflochten sah verlockend idyllisch aus. Feldstuhl und Skizzenbuch wurden aufgeklappt. Auf der Schwelle saß ein steinaltes Mütterlein und schlief, das Kätzchen daneben. Plötzlich, aus dem Hintergrunde des Hauses, kam eine jüngere Frau, faßte die Alte bei den Haaren und schleifte sie auf den Kehrichthaufen. Dabei quäkte die Alte wie ein Huhn, das geschlachtet werden soll. Feldstuhl und Skizzenbuch wurden zugeklappt. Mit diesem Rippenstoße führte mich das neckische Schicksal zu den trefflichen Bauersleuten und in die herrliche Gegend, von denen ich nur ungern wieder Abschied nahm.

Es kann 59 gewesen sein, als zuerst in den "Fliegenden" eine Zeichnung mit Text von mir gedruckt wurde; zwei Männer, die aufs Eis gehen, wobei einer den Kopf verliert. Vielfach, wie's die Noth gebot, illustrirte ich dann neben eigenen auch fremde Texte. Bald aber meint ich, ich müßte alles halt selber machen. Die Situationen geriethen in Fluß und gruppirten sich zu kleinen Bildergeschichten, denen größere gefolgt sind. Fast alle habe ich, ohne Wem was zu sagen, in Wiedensahl verfertigt. Dann hab ich sie laufen lassen auf den Markt, und da sind sie herumgesprungen, wie Buben thun, ohne viel Rücksicht zu nehmen auf gar zu empfindliche Hühneraugen, wohingegen man aber auch wohl annehmen darf, daß sie nicht gar zu empfindlich sind, wenn sie mal Schelte kriegen.

Man hat den Autor für einen Bücherwurm und Absonderling gehalten. Das erste mit Unrecht.

Zwar liest er unter anderm die Bibel, die großen Dramatiker, die Bekenntnisse des Augustin, den Pickwick und

Donquixote und hält die Odyssee für das schönste der Märchenbücher, aber ein Bücherwurm ist doch ein Thierchen mit ganz anderen Manierchen.

Ein Sonderling dürft er schon eher sein. Für die Gesellschaft, außer der unter vier bis sechs Augen, schwärmt er nicht sehr.

Groß war auch seine Nachlässigkeit, oder Schüchternheit im schriftlichen Verkehr mit Fremden. Der gewandte Stilist, der seine Korrespondenten mit einem zierlichen Strohgeflechte beschenkt, macht sich umgehend beliebt, während der Unbeholfene, der seine Halme aneinander knotet, wie der Bauer, wenn er Seile bindet, mit Recht befürchten muß, daß er Anstoß erregt. Er zögert und vergißt.

Verheirathet ist er auch nicht. Er denkt gelegentlich eine Steuer zu beantragen auf alle Ehemänner, die nicht nachweisen können, daß sie sich lediglich im Hinblick auf das Wohl des Vaterlandes vermählt haben. Wer eine hübsche und gescheite Frau hat, die ihre Dienstboten gut behandelt, zahlt das Doppelte. Den Ertrag kriegen die alten Junggesellen, damit sie doch auch eine Freud haben.

Ich komme zum Schluß. Das Porträt, um rund zu erscheinen, hätte mehr Reflexe gebraucht. Doch manche vorzügliche Menschen, die ich liebe und verehre, für Selbstbeleuchtungszwecke zu verwenden, wollte mir nicht passend erscheinen, und in Bezug auf andere, die mir weniger sympathisch gewesen, halte ich ohnehin schon längst ein mildes, gemüthliches Schweigen für gut.

So stehe ich denn tief unten an der Schattenseite des Berges. Aber ich bin nicht grämlich geworden, sondern wohlgemuth, halb schmunzelnd, halb gerührt, höre ich das fröhliche Lachen von anderseits her, wo die Jugend im

Sonnenschein nachrückt und hoffnungsfreudig nach oben
strebt.

Wilhelm Busch

Mit Benutzung meines "Was mich betrifft" in der Frankf.
Ztg. vom 10. Oktober 86. Morgenblatt.

Der Nöckergreis

Ich ging zum Wein und ließ mich nieder
Am langen Stammtisch der Nöckerbrüder.
Da bin ich bei Einem zu sitzen gekommen,
Der hatte bereits das Wort genommen.

      *   *   *   *   *

Kurzum--so sprach er--ich sage bloß,
Wenn man den alten Erdenkloß,
Der, täglich theilweis aufgewärmt,
Langweilig präcis um die Sonne schwärmt,
Genau besieht und wohl betrachtet,
Und was darauf passirt, beachtet,
So findet man, und zwar mit Recht,
Daß nichts so ist, wie man wohl möcht.

Da ist zuerst die Hauptgeschicht:
Ein Bauer traut dem Andern nicht.
Ein Jeder sucht sich einen Knittel,
Ein Jeder polstert seinen Kittel,
Um bei dem nächsten Tanzvergnügen
Gewappnet zu sein und obzusiegen,
Anstatt bei Geigen- und Flötenton,
Ein Jeder mit seiner geliebten Person,
Fein sittsam im Kreise herumzuschweben.
Aber nein! Es muß halt Keile geben.

Und außerdem und anderweitig
Liebt man sich etwa gegenseitig?
Warum ist Niemand weit und breit
Im vollen Besitz der Behaglichkeit?
Das kommt davon, es ist hienieden
Zu Vieles viel zu viel verschieden.
Der Eine fährt Mist, der Andre spazieren;
Das kann ja zu nichts Gutem führen,
Das führt, wie man sich sagen muß,
Vielmehr zu mehr und mehr Verdruß.

Und selbst, wer es auch redlich meint,
Erwirbt sich selten einen Freund.
Wer liebt, zum Beispiel, auf dieser Erde,
Ich will mal sagen, die Steuerbehörde?
Sagt sie, besteuern wir das Bier,
So macht's den Christen kein Pläsir.
Erwägt sie dagegen die Steuerkraft
Der Börse, so trauert die Judenschaft.
Und alle beide, so Jud wie Christ,
Sind grämlich, daß die Welt so ist.

Es war mal 'ne alte runde Madam,
Deren Zustand wurde verwundersam.
Bald saß sie grad, bald lag sie krumm,
Heut war sie lustig und morgen frumm;
Oft aß sie langsam, oft aber so flink,
Wie Heinzmann, eh er zum Galgen ging.
Oft hat sie sogar ein Bissel tief
In's Gläschen geschaut, und dann ging's schief.
Sodann zerschlug sie mit großem Geklirr
Glassachen und alles Porzellangeschirr.
Da sah denn Jeder mit Schrecken ein,
Es muß wo Was nicht in Ordnung sein.

Und als sich versammelt die Herren Doctoren,

Da kratzten dieselben sich hinter den Ohren.

Der Erste sprach: Ich befürchte sehr,
Es fehlt der innere Durchgangsverkehr;
Die Gnädige hat sich übernommen;
Man muß ihr purgänzlich zu Hilfe kommen.
Der Zweite sprach: O nein, mit nichten!
Es handelt sich hier um Nervengeschichten.
Das ist's--sprach der Dritte--was ich auch ahne;
Man liest zu viele schlechte Romane.
Oder--sprach der Vierte--sagen wir lieber,
Man hat das Schulden- und Wechselfieber.
Ja--meinte der Fünfte--das ist es eben;
Das kommt vom vielen Lieben und Leben.
Oh weh!--rief der Sechste--der Fall ist curios;
Am End ist die oberste Schraube los.
Hah!--schrie der Letzte--das alte Weib
Hat unbedingt den Teufel im Leib;
Man hole sogleich den Pater her,
Sonst kriegen wir noch Malör mit Der.

Der Pater kam mit eiligen Schritten;
Er thät den Teufel nicht lange bitten;
Er spricht zu ihm ein kräftiges Wort:
  Raus raus und hebe dich fort,
  Du Lügengeist,
  Der frech und dreist
  Sich hier in diesen Leib gewagt!
"I mag net!" hat der Teufel gesagt.
Hierauf--

Doch lassen wir die Späß,
Denn so was ist nicht sachgemäß.
Ich sage bloß, die Welt ist böse.
Was soll, zum Beispiel, das Getöse,
Was jetzt so manche Menschen machen

Mit Knallbonbons und solchen Sachen?
Man wird ja schließlich ganz vertattert,
Wenn's immer überall so knattert.
Das sollte man wirklich solchen Leuten
Mal ernstlich verbieten und zwar bei Zeiten,
Sonst sprengen uns diese Schwerenöther
Noch kurz und klein bis hoch in den Aether,
Und so als Pulver herum zu fliegen,
Das ist grad auch kein Sonntagsvergnügen.
Wie oft schon sagt ich: Man hüte sich.
Was hilft's? Man hört ja nicht auf mich.
Ein jeder Narr thut, was er will.
Na, meinetwegen! Ich schweige still!

 *   *   *   *   *

So räsonirte der Nöckergreis.
Uns aber macht er so leicht nichts weiß;
Und ging's auch drüber oder drunter,
Wir bleiben unverzagt und munter.
Es ist ja richtig: Heut pfeift der Spatz
Und morgen vielleicht schon holt ihn die Katz;
Der Floh, der abends krabbelt und prickt,
Wird morgens, wenn's möglich, schon totgeknickt;
Und dennoch lebt und webt das Alles
Recht gern auf der Kruste des Erdenballes.

Froh hupft der Floh.
Vermuthlich bleibt es noch lange so.

Wiedensahl, Januar 1893.

Pater Filucius

Schlüssel zu Pater Filucius

Man versteht diese allegorische Darstellung der kirchlichen

18

Bewegung, welche sich im Anfang der 70er Jahre abspielte, wenn man für Gottlieb Michael den deutschen Michel, für Tante Petrine die römische, Pauline die evangelische Kirche setzt; die Base Angelika ist dann die freie Staatskirche der Zukunft. Der Jesuit Filucius führt den Hund Schrupp, die demokratische Presse, ein und sucht mit seinen Helfershelfern, der Internationalen und den Franzosen, den Haushalt zu stören; dagegen ruft Michel Hiebel den Wehr-, Fibel den Lehr- und Bullerstiebel den Nährstand zu Hilfe, mit deren Unterstützung er auch die ganze unsaubere Wirthschaft zum Fenster hinauswirft.

Höchst erfreulich und belehrend
Ist es doch für Jedermann,
Wenn er allerlei Geschichten
Lesen oder hören kann.

So zum Beispiel die Geschichte
Von dem Gottlieb Michael,

Der bis dato sich beholfen
So la la als Junggesell.

Zwo bejahrte fromme Tanten
Lenken seinen Hausbestand

Und Petrine und Pauline
Werden diese zwo benannt.

Außerdem, muß ich bemerken,
Ist noch eine Base da,
Hübsch gestaltet, kluggelehrig,
Nämlich die Angelika.

Wo viel zarte Hände walten--
Na, das ist so, wie es ist!

Kellerschlüssel, Bodenschlüssel

Führen leicht zu Zank und Zwist.

Ebenso in Kochgeschichten
Einigt man sich öfters schwer.
Gottlieb könnte lange warten,
Wenn Angelika nicht wär.

Sie besorgt die Abendsuppe
Still und sorgsam und geschwind;

Gottlieb zwickt sie in die Backe:
"Danke sehr, mein gutes Kind!"

Grimmig schauen itzt die Tanten
Dieses liebe Mädchen an:
"Ei was muß man da bemerken?
Das thut ja wie Frau und Mann!"

Dennoch und trotz allediesem
Geht die Wirthschaft doch so so.--
Aber aber, aber aber

Jetzt kommt der Filuzio.

Nämlich dieser Jesuiter
Merkt schon längst mit Geldbegier
Auf den Gottlieb, sein Vermögen,
Denkend: "Ach wo krieg ich Dir?"

Allererst pürscht er sich leise
Hinter die Angelika,

Die er Aepfelmus bereitend
An dem Herde stehen sah.

Und er spricht mit Vaterstimme:
"Meine Tochter, Gott zum Gruß!"

Schlapp! da hat er im Gesichte
Einen Schleef von Appelmus.

Dieses plötzliche Ereigniß
Thut ihm in der Seele leid.--

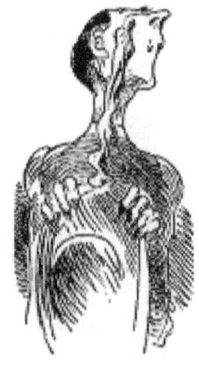

Ach man will auch hier schon wieder
Nicht so wie die Geistlichkeit!!

Doch die gute Tante Trine
Sehnt sich ja so lange schon
Nach dem Troste einer frommen
Klerikalen Mannsperson.--

Da ist eher was zu machen.--

Luzi macht sich lieb und werth,
Weil er ihr als Angebinde

Schrupp, den kleinen Hund, bescheert.

Schrupp ist wirklich auch possirlich.
Er gehorchet auf das Wort,
Holt herbei, was ihm befohlen,

Wenn es heißet: "Schrupp, apport!"

Heißt es: "Liebes Schrupperl, singe!"

Fängt er schön zu singen an;

Spielt man etwas auf der Flöte,
Hupft er, was er hupfen kann.

Wenn es heißet: "Wo ist's Ketzerl?"
Wird er wie ein Borstenthier;

Und vor seinem Knurren eilet
Tante Line aus der Thür.

Spricht man aber diese Worte:
"Schrupp, was thun die schönen Herrn?"

Gleich küßt er die Tante Trine,
Und sie lacht und hat es gern.

Eines nur erzeugt Bedenken.
Schrupp entwickelt letzterzeit

Mit dem Hinterfuße eine
Merkliche Geschäftigkeit.

Mancher hat in diesen Dingen
Eine glückliche Natur.
Tante Trine, zum Exempel,
Fühlt von allem keine Spur.

Wohingegen Tante Line

Keine rechte Ruh genießt,

Wenn sie Abends, wie gewöhnlich,

In der Hauspostille liest.

Und auch Gottlieb muß verspüren,
Ganz besonders in der Nacht,

Daß es hier

    und da

    und dorten
Immer kribbelkrabbel macht.

Prickeln ist zwar auch zuwider,
Doch zumeist die Jagderei;

Und mit Recht soll man bedenken,
Wie dies zu verhindern sei.

Mancher liebt das Exmittiren;

Und die Sache geht ja auch.
Aber sicher und am besten--

Knacks!--ist doch der alte Brauch.

Freilich ist hier gar kein Ende.
Man gelanget nicht zum Ziel.
Jeder ruft: "Wie ist es möglich?"
Bis man auf den Schrupp verfiel.

Zwar die Tante und Filuzi
Rufen beide tiefgekränkt:

"Engelrein ist sein Gefieder!"
Aber Schrupp wird eingezwängt.

In ein Faß voll Tabakslauge

Tunkt man ihn mit Haut und Haar,
Ob er gleich sich heftig sträubte

Und durchaus dagegen war.

Drauf so wird in einem Stalle
Er mit Vorsicht internirt,

Bis, was man zu tadeln findet,
So allmählig sich verliert.

Anderseits bemerkt man dieses
Unter großem Herzeleid.

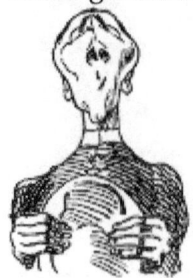

Ach, man will auch hier schon wieder
Nicht so wie die Geistlichkeit!!

Jetzt wär alles gut gewesen,
Wäre Schrupp kein Bösewicht.--
Er gewöhnt sich an das Kauen,
Und das läßt und läßt er nicht.

Hat er Gottlieb seine Stiefel

Nicht zur Hälfte aufgezehrt?
Tante Linens Hauspostille,

Hat er die nicht auch zerstört?

Zwar die Tante und Filuzi
Blicken mitleidsvoll empor:

"Armes gutes Schruppuppupperl!
Immer haben sie was vor!!"
Ja, es ließe sich ertragen,
Thäte Schrupp nur dieses blos;

Würde Schrupp nicht augenscheinlich
Scham- und ruch- und rücksichtslos.

Und so muß er denn empfinden,
Daß zuletzt die böse That

Für den Uebelthäter selber
Unbequeme Folgen hat.

Anderseits bemerkt man dieses
Nur mit tiefem Herzeleid.
Ach man will auch hier schon wieder
Nicht so wie die Geistlichkeit!

Leichter schmiegt sich Seel an Seele
In der schmerzensreichen Stund,

Und man schwört in der Bergère
Sich den ewgen Freundschaftsbund.

Aber wie sie da so sitzen,
Oeffnet plötzlich sich die Thür.

Gottlieb ruft mit rauher Stimme:
"Ei, ei, ei! was macht man hier?"

Freilich hüllen sich die beiden
Schnell in fromme Lieder ein;

Doch nur kurze Zeit erschallen
Diese schönen Melodein.

Ach, die weltlichen Gewalten!--
Durch des Armes Muskelkraft

Wird der fromme Pater Luzi
Wirbelartig fortgeschafft.

Dieses plötzliche Ereigniß
Thut ihm in der Seele leid,

Ach man will auch hier schon wieder
Nicht so wie die Geistlichkeit!!

Schlimm ist's Schrupp dabei ergangen,
Weil er sich hineingemengt;

Mit dem Fuße unvermuthet

Fühlt er sich zurückgedrängt.

Pater Luzi aber schleichet
Heimlich lauschend um das Haus,

Ein pechschwarzes Ei der Rache
Brütet seine Seele aus.

Gottlieb seine Abendsuppe
Stehet am gewohnten Ort.

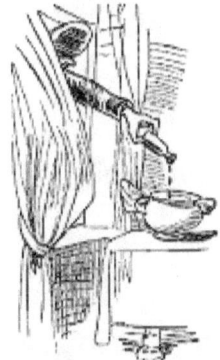

Husch! da steigt Wer durch das Fenster;
Husch! Jetzt ist er wieder fort.

Gottlieb, der im Nebenzimmer
Eben seine Hände wusch,
Sieht's zum Glück und daß der Thäter

Lauschend sitzt im Fliederbusch.

Jetzt hebt Gottlieb, friedlich lächelnd,

Von dem Tisch den Suppentopf.

Bratsch!--die Brühe sammt der Schale
Kommt Filuzi auf den Kopf.

Diese eklige Geschichte
Thut ihm in der Seele leid.

Ach, man will auch hier schon wieder
Nicht so wie die Geistlichkeit!

Schrupp, der nur ein wenig leckte,
Zieht es alle Glieder krumm,

Denn ein namenloser Jammer

Wühlt in seinem Leib herum.

Pater Luzi, finster blickend,
Heimlich schleichend um das Haus,

Wählt zu neuem Rachezwecke
Zwo verwegne Lumpen aus.--

Einer heißt der Inter-Nazi
Und der zweite Jean Lecaq,

Alle beide wohl zu brauchen,
Denn es mangelt Geld im Sack.

Eben wandelt in der stillen
Abendkühle der Natur
Base Gelika im Garten--

Horch! da tönt der Racheschwur!

Tieferschrocken, angstbeflügelt,
Eilet sie in's Haus geschwind.

Gottlieb küßt sie auf die Backe:
"Danke sehr, mein gutes Kind!"

Schleunig sucht er seine Freunde,
Glücklich trifft er sie zu Haus.
Wächter Hiebel ist der erste,

Freudig ruft er: "Sabel raus!"

Meister Fibel, als der zweite,
Vielerprobt im Amt der Lehr,
Greift in die bekannte Ecke

Mit den Worten: "Knüppel her!"

Bullerstiebel ist der Dritte.--
Kaum vernimmt er so und so,
Faßt er auch schon nach der Gabel
Mit dem Rufe: "Nu man to!"

Nun hat Schrupp, dieweil er leidend,
Sich in Gottliebs Bett gelegt,

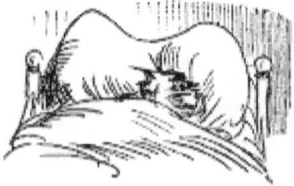

Wie er, wenn man nicht zugegen,
Auch wohl sonst zu thuen pflegt.

Zwölfe dröhnt es auf dem Thurme.--
Leise macht man: Pistpistpist!

Drei Gestalten huschen näher
An das Bett voll Hinterlist.

Weh, jetzt trifft der Dolch, der spitze,
Und der Knüppel, dick und rauh,

Und die Taschenmitraljöse--
Aber Schrupp macht: "Auwauwau!"
In demselbigen Momente
Donnert es von hinten: "Drauf!!"

Und ein blasser Todesschrecken
Hindert jeden Weiterlauf.

Pater Luzi ganz besonders
Macht sich ahnungsvoll bereit.

Ach, man will auch hier schon wieder
Nicht so wie die Geistlichkeit!

Hei! Wie Fibels Waffe sauset!

Heißa! Wie der Sabel blitzt!--

Zwiefach ist der Stich der Gabel

Weil er zwiefach zugespitzt,--

Motten fliegen, Haare sausen!

Das giebt Leben in das Haus.

Hulterpulter! Durch das Fenster
Springt man in die Nacht hinaus.

Klacks! da stecken sie im Drecke.
Aengstlich zappelt noch der Fuß.--

Eine Stimme hört man klagen:
"Oh, Filu--Filucius!!"--

"Kinder, das hat gut gegangen!"
Rufet Gottlieb hocherfreut;
"Wein herbei! Denn zu vermelden
"Hab ich eine Neuigkeit.

"Länger will ich nicht mehr hausen
"Wie seither als Junggesell.

"Hier Angelika, die gute,
"Werde Madam Michael."

Drauf ergreift das Wort Herr Fibel
Und er spricht: "Eiei! Sieh da!
Ich erlaube mir zu singen:

Vivat hoch! Halleluja!"